KB215407

사유악부 시인선 08

집밥

유연 시집

사유악부 시인선 08

집밥

— 유연 시집 —

사유악부

시인의 말

유년 시절 학자이셨던 외할아버지가 회충약을 잘못 먹여 지적 장애가 생긴 이모가 있었다. 어릴 때 기억으로 이모는 동네에서 바보 처녀로 놀림 받으며, 지게를 지고 산에 나무하러 갔다. 배고픔도 본인이 여자라는 것도 몰랐다.

한 달에 한 번 달거리 할 때면 앞 못 보는 외할머니는 등신 주제에 왜 이런 건 꼬박꼬박하냐고 타박했다. 60이 다 되어서 결혼식을 올렸는데 신랑은 전쟁 나가 죽은 이웃 동네 청년이었다. 영혼과의 결혼식을 앞두고 이모가 받은 예물은 하얀 고무신 한 켤레뿐이었다. 결혼식이 끝나자마자, 갓 쓴 아버지 따라 시집간 이모는 평생 머슴처럼 식모처럼 살다 갔다.

어떻게 한 여자의 삶이 이럴 수가 있나. 어린 마음에도 분했다.

내게 시란 이모의 존재 같은 것이다.

시는 사물도 아니고 영혼도 아니고 그저 내겐 이렇게 늦게라도 기록하고 싶은 존재.

너무 늦게 당도했지만, 오늘 내 발밑에서 핀 아주 작은 꽃을 본다.

차례

3부 바닥이 없었다면 일어서지 못했을

1부

엄마는 가파른 곳에선
웃지 않는다

사라진 목선

자신의 무게를 얼마만큼 물 위에 풀어놓은 물버들이
지상의 쓸쓸한 이야기를 바람에 들려주어
수초 곁에서 잠시 아픈 몸을 쉬어가는 목선

먼 섬의 약도를 쥐여 준 소금쟁이가
바람을 흔들어
자 인제 그만 떠나야지

돌아올 수 있을까
다시 만날 수 있을까
끼룩대는 저 괭이갈매기들과
하염없이 수평선을 바라보는 여자

아기 사슴 같은 여자를
아기 사슴 섬에 버려두고
홀로 돌아온 젊은 사내의 텅 빈 눈은
겉돌거나 떠돌거나

빼곡히

물풀로 채워 비워놓은

마지막 행간

가파도

젊은 딸이 늙은 엄마를
청보리밭에 세워놓고
딸 없는 딸이 오래오래 기억하겠다고
엄마 사진만 찍는 딸

각도는 사십오도 딱 좋은데
엄마!
나한테 무슨 감정 있어?
좀 웃어봐

엄마는 원래
가파른 곳에선 웃지 않는다

훗날 딸 없는 딸의 외로움이
당신의 외로움 될까
너도 가파른 길
부축해 줄 딸 하나 있으면 좋을 텐데

엄마 제발

내 나이 서른 하고도 아홉이다

딸이 딸 잇기 가팔라 점점

멀어만 지는 가파도 파도 소리길

집밥

초가을 갓 털어 말린 기름진 말들과
산책로에서 마주친 초피나무의
눈빛과 도랑에서 막 건져 온
한 바가지 오글거리는 소리로

여름의 허기에 금빛 향을 둘러
가을볕에 다글다글 볶죠
다진 홍고추 눈물 몇 방울에
엽록소를 거부하던 엽기도 어슷어슷
썰어 넣어 나만의 응용으로 버무리죠

푸석한 그의 식탁에는 마른 피자
몇 조각과 컵라면의 포개진 빈 컵뿐
별것이 되는 별것 아닌 것들이
오감은 예민하고 독특해서

얼굴보다 여자는 솜씨라고

특별한 건 없지만 서툴러도
사랑이 깃든 손맛이라죠

쓸데없는 향신료는 오히려 담백함을
떨어뜨려 빗방울 떨어지는 소리에
그냥 콧노래로 향을 돋우면 되죠

길고 게으른 손가락과 만성처럼
떠는 두 다리, 의미 없는 박자지만
이미 밖에서 가공돼 버린 입, 새삼
찐 호박잎에 강된장이라니

그립다는 말 분명
내가 당신의 나, 를 놓친 일
나는 주저 없이 호박잎에 강된장!
그게 뭐이라고

낙엽에 지친 산도랑 물도
속을 많이 가라앉혀
눈썰미는 벌써 엄마의 어깨 너머에서
익었더라고요

만학

미래관 101호 강의실 고정문
돌아가기에 앞서
당기지 않으면 열리지 않는 문

밥과 책을 함께 펴는 일이 있다 다시
고정문 삶과 꿈이란 네 개의 벽돌과
네 개의 벽돌 사이에
열여섯 개의 벽돌을 끼워놓는 일이거나

눈 감고 백 보를 뛰어
그 벽돌담을 바라보며
한 번 울고 한 번 웃는 일

밥알은 단단히 씹는다
이해되지 않는 페이지 화자의 표정도 함께 붙잡아
맨다

견문은
무엇에 쓰려고 검색에서 처리 목록까지
당겨도 쉽게 열리지 않는 문

늦었다는 말, 아직 도착하지 않았다는 말이다

세모눈을 부릅떠
검색대는 수 없는 문과 수많은
방법론이 제기되지만

버릴 줄 몰라 나아갈 수도
처음으로 돌아갈 수도 없어
채우면 또 버려질 것들

바코드 리드의 빨간 불빛에
인식 못 한 낱말 몇 버리자
안 된다는 말,

아니! 된다는 말이네

늦은 도착에
먼지에 섞여 떠다니는
내가 버린 비문非文들
오랫동안 잘라낸 머리카락들이
바다 물결로 다시 떠오듯
창밖에 갈 수 있는 길은

가장 가까이 있는 길이었다

목련

고등학교 개학 어느 날의 등굣길
엄마 차를 함께 타고 가던 풋풋한 꼴통 셋
아들 친구들
와 벚꽃 예쁘다
별명 딱따구리의 뜬금없는 감탄사에
곁에 앉은 데킬라가 곧바로 받아쳤다
새끼야 니 바보가? 저거 벚꽃 아니거든
그라모 니는 저기 무슨 꽃인데?
아 이 새끼 니는 백합도 모르나
어처구니없어 엄마는 웃음을 쿡 참았는데
그때까지
앞자리에서 잔뜩 거드름만 피우던 덩치가
배꼽을 잡듯 눈물을 찔끔
와 이 새끼들 둘 다 완전 바보들이네
너거는 대체 지금까지 뭘 보고 배웠노?
그라모 니는 또 저기 무슨 꽃인데??
벚꽃과 백합이 동시에 물었다

야 이 한심한 인생들아
너거는 식물도감도 안 보고 사나
튜울립 튜울립도 모르나 이 돌대가리들아

오늘은 목련도 아이들의 오토바이처럼 부아앙
소리를 내며 피어있다

가방

그녀의 명품 가방을 슬쩍
훔쳐본 적 있다
마음에 푸른 악어가 기어다닌다

부러운 마음이 생겨 그녀가 없을 때
허접한 내 가방으로 비슷한 흉내를
내보면 내 긴꼬리원숭이 표는 참으로 황당해

그건 어디까지나 희망 사항
그래서 별것 아니야 이런 말로
끝내버리지

나는 모르지 어쩜 내게 등 떠밀려
믿지 않으면서도 믿는 척
흔들었던 꼬리도
우리의 일거일동이 하루에 수십 번
카메라에 찍힌다는 사실도

빨래판에 비누 조각을 으깨듯
상표를 꼼꼼히 살피지 않아도
원숭이보다는 악어라고

악어는 유서 한 장 남기지 않은
내 아버지 오랜 기다림이었고
악어는 내 허기를 달래 줄 사랑보다
업보가 될 최악일지라도
한 번만 악어가 나타나기를

악어가 떠 올랐다
빳빳하게 머리를 쳐들고 치열하게
먹이를 찾아오는 화면 속 악어

명품이 확실하다
내가 업어
나를 안은 긴꼬리원숭이

이제 조금 웃어도 될까요?

시를 시처럼 쓰지 말라니 대상도 없는 주체가
마구 흔들리고 여기가 거긴가 싶은 벼랑에서
떨어지는 꿈은 꿈에서 꾼 꿈

겨울의 초입이었던가
두루마리구름 속에 묻어두었던 어둠의 잔상은
쫓기다 쫓기던 절망의 표지판 앞에서 막 슬픔이
되려는 순간 투명 인간으로 변해버렸지

비유를 빌리자면 체온을 나눠 갖지 못한
부화되지 않은 알이라 할까 어쩜 여기서는
거기를 다 말할 수 없지만
오랫동안 품고 있었던 알

새벽이슬에 어둠을 털어내는 연습을 하고
주체와 대상이 마구 흔들려도 나는
잠들고 깨는 순서를 정하지 않을 것이다

잠시 품어도 괜찮을 의미 없는 꿈이라서

참으로 다행인 건 비비고 섞어 버무린 겉모습이
어디까지가 오류인지도 몰라 어쩌면 지금 이
허무가 믿음이 되어온 개똥벌레의 삶일지라도
갈 곳 없는 자는 정말 부럽지 않을까 해요

웃음, 보이는 대로 믿지 마세요
거듭되는 실망은 곧
희망의 돌기가 될걸요

지금은 백일을 기다리는 99일째

고구마 꽃이 피었습니다

옛 철길 노점에 고구마 줄기를 까는 할머니와 반건조
생선을 파는 아주머니
세상에 짐승도 지 새끼가 아프면 밤잠을 못 자는데
굼벵이도 아닌 아비라는 자가 어떻게 돈 몇 푼에 딸을
달래
그런 아비는 아비도 아니라 치더라도 그 어린것은 무
슨 죄고

그야 나라는 맨 날 시끄럽고 어미 아비는 살기 바쁘니
못사는 나라 죄고 못 배운 부모 죄 아니겠나

그래서요 그런 애를 병원도 안 데려가고 그냥 맹물로
상처를
씻겼다고? 하이고
도리가 있나 돈은 없고 세상도 부끄럽고 그러니까 밤
낮 애를
가두어 놓았으니 다 커서도 옷에 오줌을 싸고 했지

그래도 지 삼촌이 이름난 매파라 그런지 나이가 들자 부랴부랴

강 건너 어디 늙은 이 머시기랑 짝을 맞췄는데 새끼 하나 낳고는

얼마 못 살고 왔더라고

무슨 영문인지 꽃피고 나무에 물오를라치면

먼 산 바라기로 청산이 늘어지게 노래를 부르면 사람들은

또 봄이 오는구나 하더라고

박쥐만 보면 식겁을 먹고 이불을 뒤집어쓰고 바들바들 떨다가

잠시 지 맘 돌아오면 두고 온 자식 생각에 한참을 흐느껴 울 때는

딸을 보는 어미도 따라 울고

한동안 잠잠해서 참으로 다행이다 했는데 풋보리가
누렇게 익고서
　　그때 포대 자루다 목만 내놓은 아이를 달랑달랑 해서
메고 왔더라고

　　개울에서 한여름 내내 씻기고 씻기던 아이를 어느 날
은 아비라는
　　어느 넝마주이가 찾아와서 애를 담아 가버렸네 통곡
이던 울음이
　　한고비를 넘어가자 덩실 덩실 환장춤이 되더라고
　　참말로 등신等神이라 살았지

　　그래도 매양
　　집 앞 돌무더기에 태극기를 꽂아 놓고 하염없이 무엇
을 기다리던지
　　올해는
　　평생에 한 번 볼까 말까 한 고구마 꽃이 피었더라고

나는 오래된 돌무더기에 돌 하나 얹어 놓고 왔다

만조

낮은 것은 늘 높은 것을 부여잡으려 한다
바닥에선 보이지 않는 보풀이 일어

초저녁 그림자는 공원의 어스름이었다가
콩 자루 아래 쥐눈이었다가

초록이 빨강을 밀어내면 빨강은 또다시
초록의 자리로 돌아가
초록에서 빨강으로 빨강에서 초록으로
무한 반복되는 남천

어떤 색을 우위에 둘지
반복을 반복이라 쓰니 초록과 빨강은 금세
엎치락뒤치락 흐트러져

초록 빨강 초록 빨강 손뼉을 치자
문제는 둥글고 부드럽고 찰랑거리는

물비늘이듯
피로를 모르는 후렴구의 입이다

그것은
무한반복 드나든 소라껍데기 속
까만 점박이들의 입 없는 입들의
파도 소리

밀물에
서서히 몸이 뜨는 늙은 목선 한 척

꽃그늘

벚나무가 줄지어 선 큰길가 꽃그늘
페인트 빈 깡통을 깔고 앉은 할머니
통성명도 없이
길 가는 사람 발걸음에 말을 붙인다

희한하게 요번 봄비가 만장같이 꽃을 피우네~
네 그렇죠
엷은 미소만 남기고 뚜벅뚜벅
지나는 길

곁이 그립다 못해 잠시 말벗 되기를 애원하듯
어룽어룽 갈래머리를 땋아 주시던
내 어머니의 꽃그늘
뭐가 그리 바빠서 허겁지겁
마지막이 된 어머니의 꽃구경

차마 눈이 흐려

저승꽃 만발해도 여자는 여잔데
무심히 지나쳤던 길

당신 없는 꽃그늘
나를 따라온 꽃잎 하나가 사뿐
어깨에 손을 얹었다가 팔랑
나를 버리고 가는 길

꽃잎 하나가 점을 찍었다 점심

누에

무량대수 씨눈 하나 잡고

미타천 가는 길

북촌 목련이 꽃대를 올리자 그 사내

붓을 들었다 달동네 개옹벽에

천상도를 그린다

태극을 따라 천지를 자유롭던 바람

봄부터 가을까지 탱탱하게

줄을 시루어

죽여라

죽이지 못하면 네가 죽는

매화도 국화도

사마천의 눈빛도 불태워라

땅을 짚고 뛰어오른 허공중 허공

허와 무와 공

무는 그믐달 열린 괄호에 들앉았다

소맷자락 너풀 바람에

하늘길이 열리면

그들은 어느덧 석 잠자는 유충

몇 장 뽕잎을 깔고

마지막 진기를 죄다 뽑아

스스로 제 염을 마치면 천지는 눈꽃

시작은 무량대수에서 온다

봄날

그 사내 아직 희망은 있다고

목 좋은 귀퉁이에서 눈을 부릅떠

캄캄한 대낮 지하 계단을 더듬더듬

전등을 켜고 내려가면

스멀스멀 벽을 타고 내리는 물 지네들

사내는 털털대는 환풍기를 작동시킨다

작동이란 무엇일까

촛불을 켜고 장미 향을 피우고 마른 쑥을 태운다

연중무휴 바람이 들지 않는 7번 방

반지하 뒷문을 활짝 열어 젖혀도 어젯밤 손님이 남기고 간

생활의 찌꺼기들

그 사내 알코올과 곰팡내로 온몸이 젖는다

밤의 빗장을 열어도 동반 모임은 예전부터 없었고

때때로 장미를 파는 할머니가 가슴 위 들창 밖으로 지나간다

타래실에 묶인 북어도 죽음에도 다툼의 여지가 있겠

는가

　늦은 불빛을 따라 모여드는 나방들도 나비로 보일 때
가 있다

　그 남자 지상 계단 벽에 걸어 놓은 왼쪽 귀의 코드를
뽑는다

　금 간 벽 속에서 내어놓은 가느다란 민들레 줄기 하나

간 보는 저녁

허기를 껴안고도
허구를 흘리지 않는 당신
나를 꾹 누르고 있다

당신이 침묵한 언어와 내가 흘린 낱말 사이에서
견디지 못한 무게가 물무늬 빛으로 흔들려

기어이 내가 피운 꽃을 보아야만
잠들 수 있는, 없는 엄마
저녁밥 냄새가 사생아처럼 우물가를 서성거려

고인 물을 데리고 살다간 당신의 바닥이
나보다 먼저
푸른 꽃을 가졌다

감자

얼마인지 물어봤을 뿐인데
떨이해 주면 복 받는다고
검정 봉지에 와르르 쏟아붓는 순간
주인이 바뀌는 감자

내게 오면 내 것이고
내게서 떠나면 남의 것이 비단 감자뿐이랴

잿더미에서 함께 뒹굴다 씨눈으로 각각
뿌리박은 건 같은 봄, 같은 날
함께 꽃피웠는데
장바닥에서 어김없이 선별되는 품격

그냥 주어도 아깝지 않을 새끼 감자 위에
굵고 당당한 포지션 둘

이천 원

돈은 네 것이고
감자는 내 것이고
사면 사고 말면 말고

감자 장사 능청까지
돌처럼 여문 감자를 가지는 기쁨!

나무가 있어

사마귀를 잡으려면 먼저 눈을 감아야 하는데
몽상이라 할까
나는 이미 눈이 멀고 펼칠 색도 없어
어떻게 하면 그림자에 색을 그려 넣을까

부패하지 않으려고 오래전 어머니의 부각처럼
가스라이팅 된 감각
비가 오려는지 내 안의 짐승이 꿈틀거리네
이미 먼 눈
부패한 눈물이 얼룩진 무늬를 그려

새겨 넣어야 할 부분들이 그림자 밖에서
다양한 색을 가진 햇살 한 항아리 열 개의 손가락이
맵차게 지지고 볶고 텅 빈 과거를 메꾸고
비밀을 감추고 표정이 표정을 관리하는 혼곤한 오후

돌아서서 굳게 후회할 언약을 하고

구별할 수 없을 오리지널과 가식의 웃음에
내 안의 짐승이 그 약속에 별을 달아주네

당신이 사랑한 건 오직
손끝의 촉촉함인데
눈 밑의 그늘이 조금 더 필요하지 않았을까

2부

한때는 개와 같이 자고
한때는
갸르릉 거리는 고양이와 잤다

일흔

잃은 것 잃을 것도 없는데
일그러지지 말자 했다
허겁지겁 바통 없이 이어달리기
이어 달릴 주자도 없는 나이라서

바다에 배 띄워놓고 찌낚시를 하는
닮은 듯 서로 다른 배꼽들
비린 맛에 꽁꽁 앓으면서도
밥 한 그릇 뚝딱했다는 배꼽도
눈칫밥은 죄다 개나 준다는 배꼽도
누구도 입질 한번 없어
말짱
움츠러든 배꼽들인데

이런!
이게 뭐지?
불가사의의 운칠기삼에 걸려든

눈먼 노래미 한 마리
파닥거려

하 이쯤이면 인생도 헛것은 아니라서
다시 일어나
우는 배꼽이 웃는 배꼽

거짓도
가진 것도 부러울 것도
없는 일흔의 배꼽

천변풍경

- 노산 서 18길 장미

아무 말도 하지 마/장미 한 송이/ 그거면 됐어/콧구멍 만한 방이어도/네가 내게 온 일이 있었잖아/연탄 백 장/ 쌀 한 말 들여놓으면/세상이 눈 아래로 보이던 시절/버 릴 줄도 알아야 하지만/기억을 버리면 행여 버림을 당할 까/우린 늘 붙박이로 함께 하잖아/간혹 바람이 폭우를 몰고 와도/꺾이지 않던 장미/무너진 연탄 백 장/무너진 억장에도/그 곁에서 비를 피해 온 고라니가 새끼를 낳았 잖아/어미는 혓바닥으로/새끼의 젖은 털을 핥아 말렸잖 아/고라니에게 콩을 주던 장미/축하해/소란을 피우지 말자/주민을 보호하자/질투도 시기도 탐하지도 않아/축 복의 등불이다/불타는 오월장미/자이아파트 후문 담장 길이 47m/이천오백 예순 일곱 송이 그쯤

천변풍경
- 자목련

2024년 4월 6일 날씨 맑음
노란 집 낮은 담장
게송이 들리듯 합장한 자목련 꽃송이들

저리도 티 없이 맑고 깨끗한 마음 있을까
모양도 형체도 없는 마음
있다고 말하니 미혹이 가로막고
없다고 말하니 바람이 꽃가지를 흔든다

있고 없는 두 마음 가지 끝말末에도 미치지 못해
있는 건 담장 안이고 없는 건 담장 밖이다
표를 들고 줄을 선 사람들
기억 자 지팡이 하나 앞세우는 줄
자목련을 받았으니
양보했다

누구 찍었어요?

어린 참새들만

스스로 말하고 스스로 몰려다닌다

통각

새끼가 길을 잃어 허공에 눈을 둘 때
어미의 눈은 빛과 소리와 그늘에 산을 등지고
조용히 말고 있던 촉수를 꺼내면 그 끝이
끝이 아니었듯
오한에 동공이 흔들리고 눈물은
총을 맞고도 아프지 않듯 축축하다
가슴이 찢어지게 아프다는 말은 무뎌지지도 않아

미친 것!
대신해 준 욕으로도 고통은 잦아들까

삽목 서향은 잘린 가지가 다른 개체로 자라날 수 있
지만
수치로는 낼 수도 없는
고통의 주인보다 쾌락의 통각이 더 힘든 삶

이 무식한 것아

내가 하는 욕은 욕이 아니다

왔던 곳으로 돌아갈 수 없다면 이전도 없다

욕은 고통을 지우려고 나오는

미망의 세월이다

고통을 모르는 갑각류도 위협을 회피할 순환기는 있

어

그것이 통각

지나온 낱말들이 또각또각 새겨진 갑각이다

수련과 청개구리

연당에 수련을 심었더니 빗방울 돋았다
일렁이는 파문
수천의 눈이다 빗방울은
수련은 빗방울을 먹고 자라
물 위에서 잎을 펼친다

수련은 물에서 자라
물에서 죽지만
수련이 죽었다는 이야기는 들어보지 못했다
연당에 물이 마르지 않는 한
수련의 삶은 물의 삶이다

청개구리를 일컬어
우와雨蛙라는 말을 들어본 적 있는가
청개구리는 비가 낳았다
수천의 빗방울이 청개구리를 낳았다
청개구리 물에 뛰어들자

수천의 마름
수천의 청개구리 눈이
자지러졌다 참으로
살아있다는 것은

물이 다 말한다

주월리 낮달

학자 아버지
벌레를 잡으려다
딸을 잡아
반생을 지게로 벗 삼은 무명 처녀
꽃이 피는 것도
꽃이 지는 것도 몰라
어매는 눈멀고 귀먹도록
서답을 챙겨 주었다
몽달이나 면하려는
전사한 신랑과 연을 지어
예물로 받은 고무신 한 켤레
가슴에 품어
뒤란에 늙은 수국 피었다

어서 가거라
어매의 볼멘 타박에도
쪽 진 머리는 상모를 돌리고

갓 쓴 아버지 따라 하얀 소복으로
시집가던 날
천상은 높아 푸르기만 하니
주월리를 지나던 낮달이
여염집 굴뚝으로 졌다

주월리 여름밤

일찌감치 저녁 정구를 마치고
어머니는 무명 저고리를 벗어
크고 작은 두 방의 모기를 훌훌 몰아낸다
마당 한가운데 수북이 모깃불을 피우고
넓지도 않은 마루에 국방색 모기장을 친다
큰방 들기름 먹인 맨 장판은 웃통 벗은 할머니
명당이라니 작은방 뒷문을 열어젖히면
거나한 아버지 천국이다
모기장 속 어머니 날개 밑에서
우리는 또록또록 별똥별을 찾고
개구리 청승에 애가 타는데
강둑에선 누군가 멋지게 유행가를 읊어
저녁 배를 꺼준다
배꾸마당 조무래기들 소리 소리에
논물이 식었는가, 맹꽁이 울음 그치고
자정을 알리는 오포 소리가 아이들을 쫓을 때
어디를 싸돌아 왔는지

정신없이 등목을 치는 오빠

아니면 언니다

저러다 샘물 다 퍼 올리겠다

불현듯

당신이 알고 내가 모르는 것이 무엇이었을까
친숙하고도 이 느닷없는 낯섦이 불현듯
생각의 끝자락에서 하필이면

지난날 빗나간 시간과 빛나는 거짓들에
고개 숙이지 못하는 우리
너는 알고도
나는 모르고

멀리서 보면 더욱 은밀히 드러나는 너의 혀
나의 입이 어렴풋이 눈치채기 시작할 때

밥을 다 먹은 개가 제 밥그릇에
주둥이를 담아 잠이 들었을 때

우리는 주체와 종은 논하지 말고
머리와 꼬리도 조금만 천천히 늙어가자고 하자

고결하고 끈기 있게 살기로 한
무궁화와 백매화의 옛날이 사라져 버렸다

더 이상 우리는 너나 나는 없고
까치집을 감싸고 있던 천의 손 천의 눈
바람 나무만 남아

끝까지 불지 않은 우리의 이실직고가
낯선 우리를 간신히 붙들고 있었던가

한때는 개와 같이 자고
한때는
갸르릉 거리는 고양이와 잤다

역마

떠난다 말하지 않아 잡을 수도 없었네
황갈색 짐에 눈코입귀 나눠 실어 그는 가고
나만 남아서 늘어진 아킬레스건을 주무르고 있네.
처음 어깨 위에 안장이 채워질 땐
땅을 향해 금방이라도 눈물을 쏟을 듯
유순하고 지혜로운 한 쌍이 될 거라 약속했네
곧 후회했네
그 인간 역마살을 이기지 못해
백 바지에 백구두 국제시장 경마 포마드로
목덜미 털을 빳빳하게 세우더니
아예 통으로 말발굽을 갈아 끼웠네.
그 비루한 털로도 꿈꾸던 차마고도
연적은 크게 두지 않아
속전속결 슬로건을 내걸고
탄탄한 근육질의 소금 장수를 따라갔네
한번의 배팅에
억 소리 한번 내지 못하고 닫혀버린 입

나만 남아

역마의 털을 고르고 있네.

정축년 윤칠월

작가 미상

갈대밭으로 누운 역마의 갈기들

숲에서

숲에서
새끼를 품은 고양이가 잔뜩
경계의 눈빛으로 보고 있다

위로받지 못한 날의 끝없는 질문들이
내겐 있는데

함께 존재했던 기억만으로도
견디는 걸까

어미 고양이는 오래 움직이지 않는 눈을
가졌군

졌다 졌어, 나는 질문을 거두고
눈빛도 거두었지

이를테면 끊어낼 수 없는

불안과 위태로움을 숲속의 고양이는
떨쳤지만

피톤치드 그윽한 편백 숲
올라오는 버섯 풀 냄새
물소리가 있어

고양이는 오늘
완전해진 숲속의 고양이

달의 수정

이레를 앓아
열리는 몸이다
칠십 리 꽃 진 자리

불륜처럼 달아오른 병 꽃 음기에
낯 붉은 밤의 둘레를
지우지 못하고

후덕
촉매의 부리를
단다

오래 숙성시킨 와인의 자극은
대범하고
위태로워

겹겹

투르마린 목걸이를 풀고
농염으로 흐렸던 그 강물
다 마셔야
세이레 신열이 걷힌다

외로움은 지극히
선명하고
정貞하고
고결하여

눈부시도록 영롱한
세 겹
투르마린 목걸이를 걸고

호젓이
달빛 물들이는
주월리

바람머리

늦은 활기를 시험하는
시니어 모델 무대

무대가 오르자 죽은 세포들이 되살아
백발 노신사는 장미꽃 한 송이
흔들며 지나가고

안개꽃 드레스에
카네이션 귀걸이를 찰랑거리며
바람을 일으키는 바람머리

설익은 웃음도 숙성 발효된 외로움도
기기 때문에 기계가 된 내게
팔랑 손 흔들어 주는 나비

여기선 잘하지 않아도 괜찮아
서툴고 어색한 몸짓 그것이 당신 매력이고

마지노선이지

고독, 너는 젊음이 아니라서
장미의 목을 꺾을 수도 없고
어설픈 마법일지언정 성 성 백발
출렁다리를 건너는데

간결하지 못한 지난여름을 증오하듯
당신은 참으로 모호하게
장미를 던져 버리는군요

바람을 수선하다

귀가 많이 순해졌나 봐요
불편한 레이스는 죄다 떼어 버렸죠

단축번호 1을 지우자
눈자위가 너무 미미한가요?

서투름은 죄가 아닌데 그것들은 모두
가공된 사랑이라는데요

그렇다면 지금까지 우리가 먹은
사랑의 방부제는 얼마나 될까요?

그럼 방부제로 자라나는 우리 아이들
어떻게 해요
난 역공 같은 건 꿈도 꾸지 못하는데

소외된 박탈감을 한껏 껴안으면

절망도 함께 놀아 주더라고요

감정을 유발하지도 감추지도 않죠
유연한 착지는 온몸의 힘을 그냥
빼기만 하면 돼요.

같이 가자고 했던 내게 없는
사랑도 언젠가는 떠나니까요

그거 알아요? 당신의 사랑도
지금
위험에 노출되어 있다고요.

사랑이란 말
너무 진부하지 않나요?

끝내

바람을 따라가니까요

3부

바닥이 없었다면
일어서지 못했을

장마

달방 천장은 이빨을 드러낸 물의 흔적들
물컵의 양파는 물만 먹고도 잘 자라는데
윤기를 잃은 머리털은 숭숭 날리고
웃자란 생각은 늘 위태롭다
눈만 감으면 망아지도 아닌 얼룩말言이 망동을 부려
물은 곧 너를 수마水魔로 만들 것이다

옥상은 수마에 골격이 어긋난 태양열 강판과
얼룩을 물고 있는 푸른 페인트 벽
소원은 딱 하나만 말해야 하는데 바다는 평생
먹고 죽을 소금을 비축하라 하고
주인도 아닌 너는 왜 옥상 우레탄을 생각하며
물에 잠겨 죽지도 않은 주인 장례식엔 국화보다
호접란을 생각하는지 희미하게 유추되는 자음들

기도는 늘 나를 버리지 말아 달라는데
나의 바람은 잔뜩 먹구름을 몰고 와

솟은 물의 이빨과 미처 빠져나가지 못한 잔류전류에
지금은 물속에서 물 밖을 보는 블랙홀 한복판
하지만 머잖아 블랙홀은 증발할 것이고 어쩜 이곳이
우주의 중심이 될지
몽유의 뒷모습이 확인되고서야

서서히 모습을 드러내는 수평선 너머 지평선

능가사

용소바위 틈 사이 산나리 꽃을 피워

유분이라곤 없었던
백모래 땅
메꽃 넝쿨에 강물만 풍요했다

능가는 도도히 낙락장송을 꿈꾸었던
솔씨 하나
벼랑 끝에 좌정하여

들물의 이름도 날물의 이름도 잊어
설은 살 모진 안태를 묻고
받은 건 성姓하나
메꽃 향기 은은했다

뻘밭에는 고명처럼
가라앉은 명지

촌부는 다시 피 씨를 뿌리고
아낙은 물버들 따라 깃대를 꽂았다
소명처럼

그리움은 오롯이
도요새 노래하는
도요새
노래 듣는 도요새

미로

길이 없으니까 여기에 있다
우연과 필연은 지우개가 달린 연필과 종이
수없는 이직과 끝없는 방황
배달 오토바이가 부동산 유리창에 붙은
월세 방을 훑는다

낮에는 밥
밤에는 술이라는 식당 어귀
지금은 낮도 밤도 아닌 시간
나약한 마음이 연약한 몸에게 묻는다
국수 먹을래 김밥 먹을까

출구가 없는 곳에서도
물어뜯을 손발톱은 자라
아슬아슬한 하루
우리 끝까지 손 놓지 말자

경계와 경계 사이를 틀다
틀리면 곧
몸을 바꾸어야 하는
길을 모르니까 또 거기에 간다

달아 달아

제비꽃 자줏빛에
자잘한 판박이 찍힌 포플린 한 감 떠 와
당신의 눈짐작으로 만든 내게 딱 맞는 치마저고리
몰래 꺼내 입었던 시절이 있어

한가위 달은 아직 졸음 눈인데
날다람쥐 한 마리 쪼르르 나무에 오르다
부러진 솔가지에 놀라 별똥별도 달아나고
울며 씹던 송진 껌
찢어진 치마를 들추어 보고 또 보던 어머니

시집살이 섧고도 섧어 울다 든 잠결이듯

윗목에 풀어놓은 할매 쌈지는
동그란 요강
송화 달빛이 쑥스럽게도 밝아
수실 할머니 빙그레

풍년 초를 말린다

발치

따끔합니다
거짓말이었다
앓던 이를 뽑고 비뚤어도 제 것이 낫다는
어머니 말씀이 백번 옳았다

한 탯줄 한 꾸러미로 서로 의지해야 했는데
한 입만 한 입만 따라다니던 막내를 따돌리듯
아린 사랑니를 뽑고도 못내 아쉬워
그 자리를 더듬던 혀

바짝 돌도 깨물던 어금니 둘도
늦둥이를 물어다 준 대가로
까치들에게 던져주고

볼살을 씹어 선홍빛을 삼킨
송곳니마저 흔들린 날

거울에 비친 초로의 모습
덤으로 얻은 백 세 시대가
아득했다

연체된 삶 변변한 도구 하나 없이
헌 집 고쳐 오래 살면 어쩌누? 하지만
순간은 영원을 꿈꾸고 뽑은 고자리에
곧바로 백 년을 잇는 철심,

진즉에
치과의사는 죽여야 했다

돈은 혓바늘이 묻는다, 영구적인가요?
아 네, 반영구라고 하는 것이 맞겠죠??

혀는 한동안 적응이 필요할 것이다
어눌한 언어들은 더욱 어눌하여

당분간 거친 발음들은 피하고
가능한 한 부드러운 언어만 사용하셔야 해요
흔들려도 내 것이 낫다
바닥이 없었다면 일어서지 못했을

개

우리 강아지 '땅콩'을 물어 죽인 저 비루한 놈이
비쩍 말라 죽게 돼서
겨울 산을 돌아다니네,
저 죽일 놈이 어쩌다가
나도 참 어이가 없지만,
내 먹으려 가져간 고구마를 줬더니만
미안한지 슬그머니 씹어먹네
생각 같아서는 당장
죽일 놈이지만, 어쩌겠나
사람이 개를 가까이 둔 건지
개가 사람을 찾는 건지
고구마 한 개 더 던져주었더니
가지도 않고
한참을 그 자리에 서서 나를 보고 있네

배추흰나비

긴 사래 밭머리 호박넝쿨
우묵하면
천둥지기 업은 어머니
헝겊 대어 꿰맨 흰 고무신
늘 거기 있었다

청서듦 풀꾹새 버캐 꽃을 피워도
해는 중천에 놀고
씨돌이밭에 전 오줌동이는
누가 져낼까

멀기도 하여
삭아 드는 풀죽 서너 술에
눈꼽창이 흐린데
풀어진 오랍에는
나달나달 천 결 실밥들이
잔물결을 이룬다

마음만

굿배미 날가지를 돌아

서리 내린 메밀대 거두어

재넘는 소리 괜찮다

어머니

가야 되제
자고 가면 안되것나 어매야
수미산
열사흘 밝은 달도 울컥 지는데
가난 든
살별 따다 젖죽 끓여 바치오니

무채
곱게 썰어 새콤달콤 조물이면
석 잠 자는
누에처럼 눈꽃같이 받아 드신다
메마른
청석마다 도롯도롯 익은 저녁 찬
좀먹은
명주저고리 북망길에 걸쳤는데
비야 꽃비야
여우비라도 내리고 내려

울 어매

마른기침 쑥정이 입술 적셔주렴

양미리

이름이 이리도 형편없다
허균 도문대작에 의하면 은어로 불렸다가 다시
목어라 바꾸었는데

그마저 싫증 난 임금이 또다시 환목어라 고치니
환멸을 느낀 그 이름에 불붙듯
정소精巢만 가득한 수놈

이름이 야하면 삶이 고달프다던가
볼품없고 기름지지 않아도 오독오독 씹으면
톡톡 터지는 매력에
가까스로 추스른 장바구니 속의 남자

큰 물결 바닷바람에 은총 한 번 받지 못한
불쌍한 목어도 어차피 삭탈 된 이름도 말짱
수전노의 한 두릅 도루묵

잘나고 못난 것이 저와는 상관없어
밝고 유연하게 헤엄치는 양미리
삶은 때에 따라 달라지고

이름은
의기양양 불러주는 대로 살아지는 것이다

회식

자갈치횟집 일 번 방에서 친목 도모 회식하는 날
삼월이 오는데 눈이 온다고
자연산은 믿을 수 없지만 봄 도다리는
믿을 수 있다고
납작 엎드린 봄을 한껏 일으켜 보자는데

텔레비전에선 불편만 있고 온정은 없어
아픈 사람 두고 나 몰라라 팽개치는 의사들
짜증과 불신과 화딱지 나지만 나도
한때 생을 팽개친 적 있어 안타까움은
어디까지나 안타까움일 뿐

세상에서 가장 신나는 일은 세꼬시를
씹듯 잘근잘근 불참자 뒷담화
입안을 감도는 날 것의 미혹에 우리는 다만
빈 잔을 채우는 무보수 실장님과 유급 봉사자 셋
애매한 두꺼비 몇 마리 감쪽같이 사라지고

유혹 없는 불혹을 지나고도 술을 가리지 않는
실장님과 사람을 가려 가끔 바닥까지 팽개치는 술
불혹은 유혹을 이기지 못하나보다
아닌 말 꼴값에 이 밤은 아무래도
추태가 이루어질 듯

여지를 두지 않는 열한 시 해산
계산은 공정해서 나누기 넷, 우리는 왜
오늘 밤만 이렇게 자유로운가?
제목밖에 생각나지 않는 골목길
홍도화에 취한 듯 대문 밑으로 주둥이를 내민 늙은 개

폭염

쟁그랑 소리가 났다
폭염, 누가 저런 뜨거움을 가져왔는가
복도를 빠져나온다

오른쪽으로 한 계단 내려서자
너는 인간도 아니야!

접시일까 접시겠지
접시만큼 생활을 가리키는 말이 없지
간다면 끝까지 가는 여자야
가위가 하나를 둘로 나누듯이

양파도 마늘도 눈물은 보이지 않을 것이다
이제 여자들은 울지 않는다

해수면이 점점 높아지고 있다

친구 고 막내

중년 여인들 첫 동창회 끝나고
콩나물 꼬리 따는 친구 보겠다고
찾아와

너는 누구세요?
좌르르 물방울이 흘러내릴 듯
밍크코트를 걸친 그녀

다섯 언니들 끝으로
물려받아만 입던 나달나달한 옷소매
딸 고만, 고 막내

그날 밤 삼십 년 우정은
우울과 우월이 한데 흥청거렸고
노래방 네온은 지치지도 않고 돌았다

어디 짚 세기만 신고 올 여자 하나 없을까?

밍크코트의 푸념에
늙은 깃털 하나 빠지고

혼자 남을 초라한 사내 걱정에 부탁하듯
친구들 손잡던 고 막내
너의 이름은 끝인가 시작인가

한쪽 날개 꺾인 커피 찌꺼기 화분에
꽃을 그려 넣는 저 젊은 노인
지금

선곡은 준비 중이다

찔레꽃

키 낮은 담부랑가
찔레꽃 빨갛게 피면
도란도란 단발머리 계집아이들
사금파리 소꿉을 살았다

솔 밥 황토 양념
아버지는 산에 나무를 하러 가고
딸막이 꼭지 엄마
배를 안고 뒹굴다
또 딸을 낳았다

버짐 핀 점자 할매
쓸데없는 것
혀를 차고
숫댕이 실타래 끼워
고추 없는 금줄을 쳤다

두렁 두렁 들찔레

문 앞에는 얼씬도 못 하고

논두렁 밭두렁 지천으로 피어

벌 나비만 불러

백설기 경단 잔치를 벌였다

질경이

걸리적거리지 말고 저만치
뚝 떨어져 나앉거라
지린 개 오줌 소태 같은 땅에 짓밟혀
뭉개지면 뭉개질수록 자존심은
질긴 잎맥 잎맥으로 납짝 앙동그려
생각에 생각을 암만해도
토악질 나는 똥거름 밭에서 자란 너를
쥐어짜면 사람들의 토악질이 멈출까
밟히면 밟힐수록 단단히 땅을 파고들어
사람들이야 늘 꽃 꽃 꼿꼿이
시원한 오줌 줄기를 열어 버캐 꽃을 피우려지만
많이도 아팠겠다
오물거리는 초롱별들의 입에 오직
한 방울만큼이라도 기름을 짜내
깨소금 밥을 먹이고 싶었을
새날이면
씻은 듯 털고 일어나는 네가 꽃이다

4부

모든 길은
식탁으로 나 있다

진공청소기

번개시장에서 새벽같이 콩국을 팔고 온 여자 자리를 차지하기 위해 그러쥔 손 혼자 말하고 혼자 답해 진공은 어디 있는가 흡수하는 것만이 능사는 아니라고 시대적 착오와 꽉 막힌 필터 창문 너머로 날아드는 매연과 눈을 뜰 수도 없는 공사장 마사 모래바람 역공은 꿀꺽 삼켜야 했다 약한 사람들의 나라 거대한 집단 진공보다 미래는 있는가 모래를 뒤집어쓴 채 어디론가 빨려 들어가고 있는 게 아닌가 진공 속에서 마지막 눈을 한 번 뜨는 게 아닌가

저녁에 걷는 노래

친구야 지금 우리는
흔들리는 대파 꽃대를 보면서도 왜
흘러내린 머리칼은 걷어 올리지 않을까

묵묵히 앞만 보고 간다지만
하루만 섞이지 못하면 몸을 뒤트는 것들
바다와 파도 공원의 나무와 바람에
나도 흔들리는 바람

뭍의 초록이 얼마나 짙어졌는지
물속에서 튀어 오르는 한 마리 참숭어언지
천방지축 뛰노는 밀치인지

어퍼컷으로 만선의 뱃고동을 울렸던 우리가
달구어진 석쇠 위의 갯장어와 한판
뒤집기를 할 때 이글거리는 눈빛과
파닥이는 꼬리 사이에서 왜 눈을 굴리고

어쩌면 혀 밑 설소대까지 물었을까

여운을 남기고 떠나는 유람선 긴 뱃고동소리도
가늠할 수 없는 우리의 내일과
매일같이 하는 일이 앞만 보며 걷는 일인데
설마 눈 앞을 가린 앞머리가 기껏
길이 열리지 않는다는 관성에 흔들린 친구야

휘파람은 그저 혼자만의 언어
남길 문장도 논쟁거리도 아니라서
맥없이 어딘가로 불려가진 않겠지
지금은 우리 그저 가는 가을

머리도 꼬리도 없이 사라지는 그 휘파람을
친구야 나의 주머니에 찔러 넣어주렴

재난 문자

재난 문자가 떴다. 동쪽 해상
규모 4.3 지진 발생
하인리히 법칙은 오래전부터
징후와 예고를 보여주었고

꿈은, 큰 나무의 새들이 분주하고
땅속 길짐승들이 땅 밖으로 기어 나왔다
키우던 가축들이 새끼를 달고
빗속을 뛰쳐나가고

비브라늄은 존재하지 않는 비물질인데
세계를 파괴하는 물질로 등장 하는구나

형님 이제 일어나셔야 합니다
빛도 너무 과하면 황달이 되는 파묘
벙근 봉오리에서 봉우리로 날아올라
머리엔 뾰족한 피뢰침 봉이 된 당신

탐라국에서 우주정거장까지
여행 경비는 인당 500억이라는데
2023년 3월 28일 08시 나는 도착도 전에
단축번호 1을 지운 당신

오래도록 갈망하던
헛제사 밥집
세상은 홀로그램이다

유월

잎만 무성했던 감나무는
해거리했다
슬프도록 긴 적막
동쪽으로 사라지던 빨간 비행기 소리
서늘한 갈맷빛 하늘 보며
아이들은
땅따먹기 하고
밀밭 전설 같은 이야기에
산토닌을 먹은 막내는
감나무 밑에 쭈그려 울상을 짓고
오리목을 심던 날
우윳가루를 많이 먹어 죽을 뻔했다는
버짐에 석유를 찍어 바르던 아이
수리 먹은 이빨처럼
풋감 하나 툭 떨어져도
감나무 스피커에선
감처럼 단단한 노랫말이 나왔다

오미가미 김밥집 진희

색색의 백 퍼센트 나일론 긴치마를
주모처럼 휘릭 감아 입고
저녁때면 할랑할랑 줄을 잇는
내당동 방직공장 아가씨들

진저리나는 밭매기를 하다 말고
카투사 오빠와 숙자 언니 연애를 도운답시고
싸다 준 무지 원단 솜이불과 그 곁에
들러붙은 진희

오십 평 남짓 방직공장에는 야근을 돕는
연탄 화덕 몇 개가 군데군데 낮은 불로
가물거려 잠이 많은 진희 자정이면
쏟아지는 잠을 이기지 못하고

에라 화덕 하나 다리 사이에 끼고 등걸잠을 자면
베틀은 저 혼자 돌아 진희의 꿈속까지 돌아

실은 북을 물고 북은 실에 감겨
벌겋게 익은 허벅지 복사꽃이 피고
날이 새면 속눈썹엔 새하얀 목화꽃이 핀다

오빠와 숙자 언니 열애도 한 달 만에 끝나
월급으로 받은 무지 원단 한 필도
미화당 빵집 외상값으로 퉁쳐
바깥바람이 벽걸이 환풍기를 돌려
환기를 시킨다

퇴근길에 한잔 한 사내들은 앞서가는 박진희를
어~이 희진 박 이렇게 소리치고는 저들끼리
키득거렸다
와 닿지도 않은 내일과 어제 사이에서 짜릿한
쾌감이라도 느끼듯

베틀은 어쩜 그리도 사람을 무안하게 해서

그때 그 자리 지금 여기 어디쯤

다섯 가지 색과 다섯 가지 향에

발길이 멈춘 진희

쌈

상추를 씻는데
쌈이 왜 썸으로 읽힐까
이 여리디여린 연두 이파리를 두고
쌈이 썸의 비릿한 미소를
식초 물에 담근다
누렇게 색바랜 떡잎들이
가벼이 떠오르고

아무래도 혼자 먹기는
너무 풋풋한 썸
매실청에 푼 된장 마늘 통깨가
쌈과 썸을 아우른다
상추를 상치라 쓰는 사람
쌈을 썸으로 읽는 사람

푸성귀와 말린 생선조림
오곡 햇반도

오해와 곡해曲解의 한 쌈

쌈은 왜

아슬아슬 평균대를 마주 걷다 끝내

쌈을 싸움으로 몰아

사랑도 미움도

한 쌈에 다 들어가는 지구의 생

수양매화

그녀는 타국이란 말을 몰랐다

겨울을 견딘 긴 숨결로 소리 없이 피어

눈이 오는 날도
비가 오는 날도
흔드는 바람에도 꺾이지 않는 가녀린 가지

물을 찾아 흐르는 강물처럼
고국이 타국 타국이 고국 된 응우옌
그의 또 다른 이름은 다문화

혼자 남은 남편 혼자 먹는 밥
그 먹먹함에 여보 오늘은
작은 도서관에서 한 끼 식사를 대접 한 대요
뜨덤뜨덤 향기로 말을 거는 한글 공부

기저귀를 차고 간 아이의 유치원 차가 도착하자

모름지기 부러지지 않기 위해 휜 허리가

꼿꼿하다

속천

천식을 달고 온 귀환 동포
역전 지게꾼
뱃사람들이 나래비 집을 짓고
정부미를 먹고 자란
맥도널드 순이도 쑥쑥 키가 컸다

백장미는
입양의 비밀을 모르는 양
파도의 들숨날숨에
몇 생의 오만이 쓸리어가고
나방들은 추락하면서도 겁 없이
날아들었다

어느 집에선
아비 없는 아이를 불러들이다
철철
양철지붕에 왕소금을 뿌렸다

지붕이 나붓이 숨을 죽였다
빌어먹을 도방 방뇨에
가래침에 나방에
악다구니에

속 깊은 샘물을 길어와
왕소금으로 이를 닦는다
탑을 쌓은 사람들
인내의 도를 넘어서면
돌이 되는
조개껍질이 되는
별이 되는 천둥번개가 되는

서울깍두기

서울 깍두기는
서울과 두루 볼일 없고
술이 없고 담배를 물지 않으면
공포처럼 떠는 집게손가락

무밭에서 뽑힌 무는 초록을 버리지 않으면
다시 태어날 수 없다 그리고
무務에서 또다시 힘을 만들 수 없다면
무에서 무로 끝나는 무

알뿌리가 부패 되지 않기 위해
얼간 소금이 외부의 물기를 뺀다
홍초 물이 새콤달콤 톡 쏘는 소리까지
스며야만 서울깍두기라

점심시간이면 집 밖으로 나와
점심시간이 끝나야만

데려가는 아이와
잠시 곁이 되는 노인

용달과 트럭 사다리차에서
다시 폐지 리어카
수십년 끌고 다닌
이조가구와 삐걱대던 대형침대
극렬하던 진보 보수 물소 가죽 소파까지

마중과 배웅의 의문들만 남아
생은 얼마나 옮겨 다녀야만
제 시간 제 집 식탁에 닿으려나

내어놓은 폐기물엔 사내의 지문이 없다

뻐꾸기

복사꽃이 피기도 전에
춘자를 태운 빨간 버스는
철교를 건너갔다
산지기 힘찬 외침에
들을 지나오는 바람 소리

서 마지기 논 사지 말고
입하나 들어내도
강 건너 부촌에
풋보리를 찧는다

논가에 네댓마리 참새들
천금 빛 햇살물고 깨금질이면
두렁에 쑥을 찾던 아이들

춘자는 언제쯤 올까
콩점을 치면

뻐꾹새는

서쪽으로 날아갔다

버려진 냉장고

도로변 화단 가에 있었다

한때는 음식 위 토핑 재료들이 썩어가고
한때는 북극곰 한 마리가
웅크리고 있었지

비워도 비워도 비워지지 않고 되살아나는 나날
나는 오늘 여기서
버려진 냉장고를 본다

우리 삶은 수천의 질병을 거느린 숨

여름 공포에 폐허가 납작 엎드리고 있다

버려졌어도 나오지 못하는 북극곰 한 마리가
냉장고 속에서 외치고 있다

물이 있어서

우리는 밥을 먹지만 침묵으로 쌓인 불화는
물을 먼저 마셔야 했어
그런 생각을 하던 젓가락이 밥알 몇 떨어뜨리자
농부의 땀을 모른다며 갈 길이 바쁜지
모루구름이 모자를 쓴다
나는 아직 빗방울을 만들지도 못했는데

물이 물을 따르는 우리의 거취는 언제부터
바뀌어 졌을까요
불편한 의자가 발등을 찍네요
머금었던 물을 뱉지도 못하고 잠시
큰물의 세계를 상상해 보는데 도대체 너는
왜 그렇게 밤낮 헛물만 켜니

꿈속이라도 도망치고 싶은 나의 꿈은
왜 이리도 재미가 없을까요

비가 오시는데 청승이라니
우리는 밥 말고는 어디서 공감대를 찾지
어차피 물방울에서 태어난 우리
폭염엔 장롱 속 하마가
우리의 건조한 빨래대는 물먹은 빨래가

밥을 맛으로 먹나요, 밥이 아니면
물은 그냥 넘어가 버리니까요

집밥 2

환상의 궁합 그건 아니지만
헛바람 들지 말고 오래오래 즐겁게
지지고 볶고 비벼 보자고
꾹꾹 눌러 봉인했지만

갯가 물건이
비린 맛을 익히지 못해
곰삭은 정에도 털어낼 군내들은 많아

달콤하게 비벼 새콤하게 익을 때까지
역시 이 맛이고 당신이 최고라고
누구도 흉내 내지 못할 당신 표 인정,
늙은 아부는 더욱 군내가 나서

한사코 거부하던 노르웨이 고등어를
묶은 지 한 켜
노르웨이 한 켜를 자작이

잘박한 쌀뜨물에 담가 지지면

당신의 머리도 꼬리도 없는 흥얼거림에
잘 풀린 된장 고추장을 끼얹자
약 불에 졸아드는 오대양 육대주

나는 굳이 사랑을 간 보지 않고
끝내 흡수된 그도
오롯한 맛에 틈을 만들지 않는다

모든 길은 식탁으로 나 있다

사랑

시원해?
응
안 시원해?
시원해

등 긁어
문질러 주는 소리

사랑해?
응
안 사랑해?
사랑해

누구 사랑해?
할머니 사랑해

간헐적 사랑

이 소리는 셈해지지 않는다

동그라미

검버섯 아버지를 땅에 묻고
청산이 좋아 살러 간 엄마가 너무 보고 싶어
대티재를 넘고
말티재에 다다랐을 때
복숭아밭 산 꿩이 푸드덕 날아올랐다

엄마 집 마당에는 펄럭거리는 빨래와
남자의 헛기침 소리
엄마가 나올 때 까지
복숭아밭에서 잠이 든 아이의 발을
따라간 순돌이가 핥아 주었다

돌 틈 애기똥풀도 환하게 꽃피우건만
엄마는 끝내 나오지 않아
엄마를 보지 않으려고 눈을 돌렸다
말티재에서 날린 돌팔매
산 꿩이 푸드덕 금을 긋고 날아갔다

엄마가 준 오백 원으로 과자를 사올 때까지
가지 않을거라 약속했던 엄마는 가버리고
엄마를 가지 못하게 둘러쳐 놓았던
빈 동그라미만 동그마니
남아 있었다

해설

우리 시대의 엄마가 쓴 '극 서정시'

성윤석(시인)

2025년 늦봄. 우리 시대에 시란 무엇인가. 여전히 정치권은 혼란의 극에 달해있고 사회엔 공정과 상식은 낡은 저잣거리의 불량식품이 되어버린 듯 부조리가 만연하다. 한국의 민주주의는 퇴색했다가 전 국민의 노력으로 겨우 회복했다가, 를 반복 중이다. 이 와중에, 한국의 시단은 오랜 출판 불황으로 스타작가에 의존하고 있다. 독자들에게 철저히 맞는 대중 시인들이냐, 유수한 등단 절차를 마친 젊은 시인이냐, 를 두고 나눠진 모양새다. 이에 따라 전반적으로 예술장르의 첨탑꼭대기에 올라앉아있는 시의 높이와 깊이는 낮아지고 얕아진 느낌을 지울 수 없다.

나가 본 적은 거의 없지만 시단의 풍경도 언론이나 문예지 그리고 잡지 등을 통해 본 바로는 마치 유튜브 구

독자를 늘리려는 노력들처럼 홍보와 마케팅에 주력하는 모양새다. 젊은 작가 한 명이 뉴스에 뜨면 출판사 대 여섯군데가 달려들어 향후 5년간 계약을 마치는 형국.

당연히 문학의 질은 낮아진다.

그러나 이러한 시대적 풍경에도 요란하게 담장 너머 화려한 꽃밭에 달려가기 보다는 쓸쓸한 풍경에서 제자리를 지키며 어떤 운명처럼 부단하게 시작을 이어가는 일군의 시인들이 있다.

나는 이들 시인들에 희망을 거는 쪽이다. 유연 시인의 시집 원고를 처음 받아들었을 때도 이런 생각이 되살아났다.

유연 시인에게 세 번 놀랐다. 60이 넘어 대학에 진학해서 졸업했으며, 칠십이 넘어 계간 문예지 신인상을 받고 등단했고 등단한 이후 백 편의 시를 쓰고 시집 원고를 완성했다는 심상치 않은 이력을 가졌다는 일 등이었다. 일찍 사별하고 만학도로서 아들과 딸을 키우며 끝끝내 시작을 놓지 않았다는 점에서 그리고 한 권의 시집, 이라는 아름다운 결실을 맺었다는 점에서 무섭도록 시린 고통을 이긴 한 인간의 내력을 본 듯하다.

전체적으로 유연의 시들은 모두 개별적인 정서를 표현하면서도 보편적인 인간의 경험, 기억, 그리고 관계에 대한 반짝이는 통찰을 보여준다. 굳이 유연 시인의 시 세계를 지시한다면

'극 서정시'라고 해도 무방한 일이다. 서정에 시인의 서사가 조화롭게 안착할 때 나타나는 시가 '극 서정시'다.

시집의 서시 격인 '사라진 목선'을 먼저 읽어보자.

자신의 무게를 얼마만큼 물 위에 풀어놓은 물버들이
지상의 쓸쓸한 이야기를 바람에게 들려주어
수초 곁에서 잠시 아픈 몸을 쉬어가는 목선

먼 섬의 약도를 쥐여 준 소금쟁이가
바람을 흔들어
자 이제 그만 떠나야지

돌아올 수 있을까
다시 만날 수 있을까

끼룩대는 저 괭이갈매기들과
하염없이 수평선을 바라보는 여자

아기 사슴 같은 여자를
아기 사슴 섬에 버려두고
홀로 돌아온 젊은 사내의 텅 빈 눈은
겉돌거나 떠돌거나

빼곡히
물풀로 채워 비워놓은
마지막 행간

                              - 사라진 목선 전문

　이 시는 일종의 상실과 떠남에 대한 이야기를 함축적
으로 담고 있다. "목선"과 "소금쟁이" 등 자연물들이 화
자의 정서를 전달하는 주요 상징으로 작용한다. 또한 돌
아올 수 있을지 알 수 없는 여정을 표현하며, 인간의 불
확실성과 외로움, 그리고 다시 만나길 바라는 희망을 동

시에 드러낸다. 목선 한 척이 섬을 바라보며 해안가에 놓여있다. 시인은 문득 '자신의 무게를 얼마만큼 물 위에 풀어놓은 물버들이' 라는 유화적이고 서정이 충만한 시적언어를 얻는다. 이 문장은 '먼 섬의 약도를 쥐어 준 소금쟁이가'로 이어지다가 '빼곡히 물풀로 채워 비워놓은 마지막 행간'이라는 문장으로 마무리한다. 목선이 행간으로 변모하면서 생의 쓸쓸한 감정을 성공적으로 치환하고 있다. 마지막 부분에서 빈 행간에 배어 있는 함축적인 여운이 독자의 상상력을 자극하는 데 성공하고 있다. 마치 솜씨 좋은 화가의 그림이 액자에 걸려있는 듯한 감동을 준다.

유연 시인의 특징은 현대시의 주요 흐름인 분절된 문장의 흐름으로 해석을 거부하는 쪽을 쳐다보지 않고 자신의 경험을 수준 높은 서정시를 지속적으로 추구하는 데 있다.

> 젊은 딸이 늙은 엄마를
> 청보리밭에 세워놓고
> 딸 없는 딸이 오래오래 기억하겠다고

엄마 사진만 찍는 딸

각도는 사십오도 딱 좋은데
엄마!
나한테 무슨 감정 있어?
좀 웃어봐

엄마는 원래
가파른 곳에선 웃지 않는다

훗날 딸 없는 딸의 외로움이
당신의 외로움 될까
너도 가파른 길
부축해 줄 딸 하나 있으면 좋을 텐데

엄마 제발
내 나이 서른 하고도 아홉이다
딸이 딸 잇기 가팔라 점점

멀어만 지는 가파도 파도 소리 길

- 가파도 전문

　모녀의 관계를 배경으로, 세대를 잇는 사랑과 외로움을 섬세하게 표현한 작품이다. 가파도는 제주도에 있는 섬. 해마다 청보리 축제가 열린다. 시인은 장성한 딸과의 여행에서 한 편의 울림이 큰 시 한 편을 가졌다. 특히 "가파른 곳"에 서 있는 엄마와 딸의 대화는 물리적 공간과 감정적 간극의 상징처럼 느껴진다. 딸 없는 딸이라는 표현이 강렬하게 다가오며, 가까이 있으면서도 먼 거리감을 느끼는 현대적 가족 구조의 단면을 드러낸다. 시적 화자의 통찰이 깊이 와닿는데, 그중에서도 '엄마는 가파른 곳에선 웃지 않는다'라는 진술은 시인의 오랜 세월 삶에서 나온 진술하면서도 강렬한 인식의 깊이를 엿보게 한다.

그립다는 말 분명
내가 당신의 나,를 놓친 일

나는 주저 없이 호박잎에 강된장!

그게 뭣이라고

낙엽에 지친 산도랑 물도

속을 많이 가라앉혀

눈썰미는 벌써 엄마의 어깨 너머에서

익었더라고요.

-집밥 부분

한국이라는 특수한 상황을 가진 사회에서 젊은이는 지방을 떠나 서울로 수도권으로 수없이 떠났다. 젊은이들은 각박한 서울과 수도권에서 직장 생활을 하며 두고 온 집에서 엄마가 해주는 '집밥'이 언제나 그립다. 시인도 아들 딸을 키우며 이런 경험이 있었던 듯 하다. 시인은 이 시에서 어쩌면 그리움의 원형이 집밥에 있다는 사실을 말하고 싶었는지도 모른다. '그립다는 말 분명/내가 당신의 나,를 놓친 일/나는 주저 없이 호박잎에 강된장!'라는 서술은 사랑이 대상의 나,를 놓치는 일임을 탁월하게 묘사하고 있다. 나아가 "집밥"은 단순한 요리를 넘어, 사람 간의 관계와 그리움, 사랑을 향한 절실함까지 표현하고 있다. 특히 평범한 재료들이 애틋한 기억과 정서로 연결되는 방식이 인상적이다. 이 시는 독자에게 따뜻하면서도 약간은 슬픈 감정을 자극하며, 간단한 음식에서 우리가 느낄 수 있는 사랑의 깊이를 새삼스럽게 깨닫게 한다.

너거는 대체 지금까지 뭘 보고 배웠노?

그라모 니는 또 저기 무슨 꽃인데??

벚꽃과 백합이 동시에 물었다

야 이 한심한 인생들아

너거는 식물도감도 안 보고 사나

튜울립 튜울립도 모르나 이 돌대가리들아

오늘은 목련도 아이들의 오토바이처럼 부아앙

소리를 내며 피어있다

-목련 부분

이 시는 꽃을 둘러싼 오해와 익살스러운 대화 속에서 청춘의 순수함과 서투름을 포착하고 있다. 대화체를 활용하여 시적인 감동보다는 현실감과 유머를 강조하고 있으며, 마지막 문장에서 목련을 아이들의 오토바이에 비유한 점이 강렬한 이미지로 남는다. 시다운 시란 비유와 은유의 사이에서 뜻밖의 발견을 획득하는 시다.

시인은 아마도 고등학생인 아들과 아들 친구들을 태우고 어느 봄날의 언덕길을 달렸는지 아이들의 대화 속에서 익살스러움과 유머 사이에서 부아앙 거리며 오는 봄의 오토바이를 끌어 내고 있다.

하 이쯤이면 인생도 헛것은 아니라서
다시 일어나
우는 배꼽이 웃는 배꼽

거짓도
가진 것도 부러울 것도
없는 일흔의 배꼽

— 일흔 부분

이 시는 시간의 흐름 속에서 인간의 변화와 덧없음을 다루고 있다. 제목이 '일흔'인 만큼, 인생의 후기에서 느끼는 감정과 시선이 깊이 깃들어 있다. '배꼽'이라는 상징을 반복적으로 활용하여 인간 존재의 다양성과 소외된 감정을 대비시키고 있으며, '눈먼 노래미 한 마리'라는 표현은 예상치 못한 삶의 변수나 기적을 상징하는 듯하다. 결말에서 '거짓도 가진 것도 부러울 것도 없는'이라는 문장은 결국 욕망에서 자유로운 경지를 암시한다. 우리 현대 시가 대부분 첨단과 젊음을 시로 환원시키는 쪽에 함몰되어 있는 이때 노년과 노인의 삶에 대한 '시'를 만나면 반갑다. 무릇, 문학이라는 것이, 시라는 것이 소외되고 가려져 있고 그늘진 곳을 인간의 존엄성으로 톺아보는 노력이 바로 이 시라는 점에서 문학의 가치성과 장소성을 다시금 환기시킨다.

이쯤에서 일흔이 넘어 시단에 나온 시인의 시적 근원이 궁금해졌다.

어서 가거라
어매의 볼멘 타박에도

쪽진 머리는 상모를 돌리고

갓 쓴 아버지 따라 하얀 소복으로

시집가던 날

천상은 높아 푸르기만 하니

주월리를 지나던 낮달이

여염집 굴뚝으로 졌다

                              - 주월리 낮달 부분

눈물이 식었는가 맹꽁이 울음 그치고

자정을 알리는 오포 소리가 아이들을 쫓을 때

어디를 싸돌아 왔는지

정신없이 등목을 치는 오빠

아니면 언니다

저러다 샘물 다 퍼 올리겠다

                              - 주월리 여름밤 부분

　학자였던 아버지를 둔 시인의 회상에서 시인의 유년

시절을 엿볼 수 있다.

'주월리 낮달'이 시는 과거의 기억을 통해 한국 전통 사회에서 여성의 삶과 운명을 다루고 있는데 드러내는 이미지가 회화적으로 강렬한 인식을 갖게 하고 있다.

- **운명적 삶의 이미지**: '벌레를 잡으려다 딸을 잡아'라는 강렬한 첫 구절은 억울함과 운명적인 강요를 내포한다. 딸이 가혹한 삶을 마주해야 했던 운명성을 함축적으로 드러낸다.
- **시각적 대비와 생명력**: '늙은 수국 피었다'는 문장은 오랜 세월과 삶의 고난 속에서도 살아남은 존재의 강인함을 암시하는 듯하다. 생명이 이어지고 있다는 점이 뭉클한 감정을 자아낸다.
- **전통적 결혼 문화와 여성의 희생**: '갓 쓴 아버지 따라 하얀 소복으로 시집가던 날'에서 볼 수 있듯, 여성은 운명을 받아들이는 존재로 묘사된다. 결혼이 곧 삶의 방향성이 되었던 시대적 환경이 보이는 대목이다.
- **'낮달'의 의미**: 낮달은 보이지 않는 시간 속에서도 존재하는 것처럼, 이 시에서 여성의 삶도 묵묵히 흐르며, 보이지 않지만, 역사를 형성하는 중요한 요소가

되게 하고 있다. 여염집 굴뚝으로 달이 지는 모습은 마치 그녀의 삶이 가정 속으로 조용히 사라지는 듯한 느낌을 주는 탁월한 묘사다. 시 '주월리 여름밤'에서는 유년기의 향수를 불러일으키는 풍경을 섬세한 감각으로 묘사하고 있다.

- **구체적이고 생생한 시각적 묘사:** '모깃불을 피우고', '국방색 모기장', '들기름 먹인 장판' 같은 표현들은 한여름 밤 풍경을 현실적으로 구현한다. 시각뿐 아니라 촉각과 후각까지 자극하고 있다.

- **가족과 공동체의 정서:** '모기장 속 어머니 날개 밑에서'라는 표현은 보호받고 있다는 안온한 느낌을 준다. 또한 강둑에서 유행가를 부르며 저녁 배를 꺼준다는 모습은 공동체적 정서를 담고 있다.

- **시간의 흐름과 리듬감:** '논물이 식었는가 맹꽁이 울음 그치고 / 자정을 알리는 오포 소리'는 마치 하나의 순환을 그리는 듯한 자연의 리듬감을 강조하고다.

- **익살스럽고 생동감 넘치는 표현:** '저러다 샘물 다 퍼 올리겠다'라는 마지막 문장은 장난스러우면서도 활기찬 분위기를 강조하며, 어린 시절의 생동감 있는 모습을 그대로 전달하고 있다.

두 편의 이 시들은 각각 사회적 통찰과 서정적 향수라는 두 가지 다른 감성을 담아내면서도, 공통적으로 섬세한 이미지와 전통적인 삶의 풍경을 묘사하고 있다. 첫 번째 시가 여성의 운명과 희생을 다룬다면, 두 번째 시는 어린 시절의 평범하지만, 따뜻한 순간들을 포착하며 일상의 소중함을 강조하고 있다.

또한 이 두 편의 시에서 시인은 왜 늦게나마 시를 쓰게 되었는지, 시인이 출발했던 시의 근원을 선명하게 보여주고 있다. 시인은 만들어지는 것이 아니라, 태어난다는 말이 이 시인에게 와 모양을 갖추는듯한 인상을 준다.

가야 되제
자고 가면 안되것나 어매야
수미산
열사흘 밝은 달도 울컥 지는데
가난 든
살별 따다 젖죽 끓여 바치오니

무채

곱게 썰어 새콤달콤 조물이면

석 잠 자는

누에처럼 눈꽃같이 받아 드신다

메마른

 청석마다 도롯도롯 익은 저녁 찬

좀먹은

명주저고리 북망길에 걸쳤는데

비야 꽃비야

여우비라도 내리고 내려

울 어매

마른기침 쭉정이 입술 적셔주렴

－ 어머니 전문

이 시는 애절하다. 쓸쓸하다. 아프다. 서정적인 분위
기로, 모성애와 삶의 고단함을 섬세하게 풀어내고 있
다.

- **강렬한 감정의 흐름**: '자고가면 안되것나 어매야'라는 구절은 헤어짐을 앞둔 슬픔을 짧은 문장으로 담아내면서도, 말의 억양 자체가 간절함을 품고 있어 정서적인 깊이를 강조한다.
- **감각적 이미지**: '무채 곱게 썰어 새콤달콤 조물이면'과 같은 표현은 아주 현실적인 일상의 모습을 정감 있게 그려내며, 섬세한 손길과 사랑이 깃든 모양새를 보여준다.
- **운명적인 떠남과 자연의 흐름**: '명주저고리 북망길에 걸쳤는데'는 죽음을 직설적으로 표현하지만, '비야 꽃비야 여우비라도 내리고 내려'라는 대목에서 죽음의 순간조차 아름답게 묘사하려는 시인의 태도가 느껴진다.

삶과 죽음, 그 가운데 자리 잡은 어머니라는 존재의 따뜻함과 숙명적인 이별을 다루고 있으며, 독자에게도 깊은 울림을 주는 시다. 시인의 만학 그리고 시에 대한 내력이 더욱 궁금해진다. 가족의 부재와 그리움에 대한 시를 한 편 더 읽어보자.

검버섯 아버지를 땅에 묻고

청산이 좋아 살러 간 엄마가 너무 보고 싶어

대티재를 넘고

말티재에 다다랐을 때

복숭아밭 산 꿩이 푸드덕 날아올랐다

엄마 집 마당에는 펄럭거리는 빨래와

남자의 헛기침 소리

엄마가 나올 때까지

복숭아밭에서 잠이 든 아이의 발을

따라간 순돌이가 핥아 주었다

돌 틈 애기똥풀도 환하게 꽃 피우건만

엄마는 끝내 나오지 않아

엄마를 보지 않으려고 눈을 돌렸다

말티재에서 날린 돌팔매

산 꿩이 푸드덕 금을 긋고 날아갔다

엄마가 준 오백 원으로 과자를 사 올 때까지

가지 않을거라 약속했던 엄마는 가버리고

엄마를 가지 못하게 둘러쳐 놓았던

빈 동그라미만 동그마니

남아 있었다

-동그라미 전문

시인은 이 시에서 가족과 이별, 그리고 그 과정에서 발생하는 감정을 상징적인 방식으로 풀어내는 데 성공하고 있다.

- **엄마의 부재와 삶의 변화:** '엄마 집 마당에는 펄럭거리는 빨래와 남자의 헛기침 소리'라는 표현은 엄마가 떠난 후에도 삶이 계속해서 변하고 있음을 보여준다.
- **자연의 요소를 활용한 감정 표현:** 복숭아밭과 꿩의 움직임, 애기똥풀의 꽃 등은 삶의 순환과 성장, 그리고

떠나는 존재의 흔적을 자연스럽게 연결하고 있다.

- **공허함의 이미지:** '빈 동그라미만 동그마니 남아 있었 다'라는 마지막 구절은 엄마의 부재 속에서 남겨진 공간과 감정적 공허함을 절묘하게 표현하며, 시적 여운을 강하게 남긴다.

시인의 시집 원고를 거칠게나마 일별해 본 인상은 일 흔넷의 시인이 쓴 시집 원고치고 그 수준이 매우 높다는 데서 반갑고 기쁜 마음을 감출 수 없었다. 만학의 설움과 오랜 습작기간 동안 시인은 얼마 많은 실패감과 좌절감 을 느꼈을까. 그 내력과 이력이 한꺼번에 잡히는 시집은 매우 귀하다. 시인의 시에 대한 열정과 멈추지 않았던 시 작에 새삼 감사하고 부끄럽다.

일흔넷의 나이가 되기까지, 그리고 끊임없이 시작하 고 시단을 두드린 결과 이태 전에 당당히 계간 문예지 신 인상을 받고 등단한 사실도 그 자체로 시를 쓰고자 하는 많은 이들에게 희망과 용기를 줄 수 있다.

전체적으로 시집은 시인이 체화해 낸 '극 서정시'로 자기와 주변인의 삶을 때로는 아프게 때로는 유머스럽 게 관찰하고 드러내고 하는 과정을 통해서 우리 삶의 위

의를 드높이는 작업의 형태를 띤다. 또한 특징은 시의 주제에 걸맞은 젊은 시어와 세련된 시적 기술도 보유하고 있다는 것이다.

요즈음 한국 시단을 지배하는 산문 투의 풀어진 자기고백적 시들과 책상에서 공부하고 대학원까지 나온 시인들의 뿌리 없는 서구적 인식의 시들과는 확연히 다른 우리 시다운 면모도 여실히 보여주고 있다는 점에서도 이 시집의 가치와 의미는 드높다.

인생을 오래 경험하고 난 글은 그 자체로 진정성을 가진다. 거기에 작가만의 독특한 시선에서 나온 문장은 독자에게 공감과 감동을 주는 동시에 문학적인 의의까지 획득할 수 있다.

시인 시집 '집밥'은 그런 의미에서 일단 유의미한 성과를 보여주고 있는 것으로 여겨진다.

시인의 노련하고 세련된 시적 진술들은 여러 감동의 파동들로 흔들리면서 독자에게 다가갈 것으로 확신하며, 훗날에도 담백하면서도 깊은 맛을 주던 어머니의 집밥 한상차림으로 오래 남을 전망이다.

사유악부 시인선 08
유연 시집

집밥

초판1쇄 발행 2025년 5월 30일

지은이　　　유연

펴낸이　　　이지순
편집　　　　성윤석　　　**디자인**　디자인무영
제작　　　　뜻있는도서출판
　　　　　　　경남 창원시 성산구 반송로 149 205호
　　　　　　　전화 055-282-1457
　　　　　　　팩스 055-283-1457
　　　　　　　이메일 ez9305@hanmail.net

펴낸곳　　　뜻있는도서출판(사유악부)
　　　　　　　(사유악부는 뜻있는도서출판의 현대문학 임프린트입니다)

ISBN　　　　979-11-989617-6-1　03810

경상남도　　　경남문화예술진흥원
GYEONGNAM CULTURE AND ARTS FOUNDATION

이 도서는 경남문화예술진흥원 2025 지역문화예술육성 지원사업에
선정되어 제작되었습니다.